老鼠記者 Geronimo Stilton

神探福爾摩鼠 2

藝術珍寶毀壞案

謝利連摩・史提頓
Geronimo Stilton

新雅文化事業有限公司
www.sunya.com.hk

神探福爾摩鼠 2

藝術珍寶毀壞案

IL SIGILLO DEL GATTO

作　　者：Geronimo Stilton　謝利連摩・史提頓
譯　　者：鄧婷
責任編輯：胡頌茵
中文版封面設計：蔡學彰
中文版美術設計：劉蔚
出　　版：新雅文化事業有限公司
香港英皇道499號北角工業大廈18樓
電話：（852）2138 7998
傳真：（852）2597 4003
網址：http://www.sunya.com.hk
電郵：marketing@sunya.com.hk
發　　行：香港聯合書刊物流有限公司
香港荃灣德士古道220-248號荃灣工業中心16樓
電話：（852）2150 2100　傳真：（852）2407 3062
電郵：info@suplogistics.com.hk
印　　刷：C & C Offset Printing Co., Ltd.
香港新界大埔汀麗路36號
版　　次：二〇二一年十月初版

http://www.geronimostilton.com
Based on an original idea by Elisabetta Dami.
Art Director: Iacopo Bruno
Cover by Tommaso Ronda
Graphic Designer: Mauro de Toffol / theWorldofDOT (Adapted by Sun Ya Publications (HK) Ltd.)
Story illustrations: Tommaso Ronda
Artistic Coordination: Lara Martinelli
Graphics: Daria Colombo
Layout: Benedetta Biasi

ISBN: 978-962-08-7840-4

18/F, North Point Industrial Building, 499 King's Road, Hong Kong
Published in Hong Kong
Printed in China

神探福爾摩鼠辦案記

在一個總是寒風凜冽、霧氣繚繞的神秘城市裏，有一座奇特的房子。房子裏住着一隻熱衷探案的古怪老鼠……他就是偉大的夏洛特·福爾摩鼠，老鼠島上最知名的天才偵探！

我老鼠記者謝利連摩·史提頓很榮幸獲福爾摩鼠邀請擔任他的助手，協助他調查各種離奇的案件。我把辦案期間的所見所聞寫下來，就成為了你讀着的這本偵探故事。

各位熱愛偵探故事的鼠迷，快來一起走進各種奇案的犯罪現場，挑戰你的頭腦吧！

謝利連摩·史提頓

一場鬥智鬥力的刑偵冒險之旅即將開始！

二樓：
10 助手的房間：謝利連摩·史提頓就睡在這裏。
11 皮莉鼠的房間：誰都不可以進入這個女管家的房間。房間裏真的只有她嗎？她藏着什麼秘密嗎？
12 福爾摩鼠先生的房間：偉大的偵探會在這裏的牀上休息……雖然他說他從來都不睡覺！
13 洗手間：供訪客使用。
14 天台：福爾摩鼠獨自冥想的地方（如果不下雨的話！）
15 温室花園：這裏種植了稀有的仙人掌。
16 泳池：福爾摩鼠每天都會來這裏游泳。他總是讓一條水虎魚跟着自己，這樣可以令他游得更快！
15
16
10
7
2
1
底層：
1 入口
2 藏書室：裝滿各種關於神秘案件的書籍。
3 秘密樓梯：通往收藏懸案檔案的地下室。
4 神秘大廳：福爾摩鼠只有在他生日當天邀請朋友們參加「神秘競賽」時才會進來
5 紀念品室：這裏收藏了他所破案件的紀念品。

6 車庫：福爾摩鼠把所有辦案用的交通工具都放在這裏，包括：單車（一種非常奇特的腳踏車）、附有側車的電單車、形似熱氣球的飛行器、超高科技的汽車，以及能夠變成潛水艇的船。

一樓：

7 福爾摩鼠的工作室：福爾摩鼠會坐在這裏接待客户。這些客户是從每天在偵探社門口排隊求助的客户中挑選出來的幸運鼠。

8 練琴室：福爾摩鼠每晚會在這裏拉奏小提琴。

9 廚房：女管家皮莉鼠的專屬空間，她會在這裏準備茶點。

目錄

結案

福爾摩鼠偵探小學堂

史提頓，說口令！

一天清晨，我拖着行李箱出門，腋下夾着一把雨傘。我要去的那個地方，雨傘是必需品，因為那裏總是下雨！我到了火車站，徑直朝着神秘的**零號月台**走去。那裏每天只會有一趟火車，而且是一列蒸汽火車，準時開出！我在遠處就瞧見了那列火車，正停在月台裏吞雲吐霧，靜靜等候着旅客上車。

那列*古怪*的火車即將開往一個*古怪*的城市

（和妙鼠城完全不一樣！）。我即將在那裏經歷一次神秘的偵探冒險！

親愛的鼠迷朋友，你們已經明白了吧？我要去的地方是**怪鼠城**，古往今來最為著名的偵探世家福爾摩鼠所在的城市!

我登上火車，找到自己的座位坐下，在火車單調的「吭哧吭哧」聲中一會兒就睡着了。我得坦白，我真的熟睡了，發出了陣陣鼻鼾聲……呼嚕！

車長的廣播聲將我從睡夢中驚醒：「怪鼠城！怪鼠城車站到了！各位乘客，請趕快下車！」

哎唷，真恐怖！外面怎麼天色**昏暗**啊？現在是什麼時間？

哎呀，不會吧，火車居然延誤了！

已經傍晚五時多了，福爾摩鼠正在等着我呢！

認識他的老鼠都知道他非常非常**守時！**

於是，我急忙下車，跑出車站，朝着我偵探朋友居住的街區飛奔而去。

怪鼠城還是和往常一樣**霧濛濛**的，**雨水**滴滴答答地打在我的雨傘上……

我一路小跑，瞥見街上沿路張貼的海報，上面寫着：「《蒙娜麗鼠》造訪怪鼠城！」

這幅收藏於妙鼠城古代藝術博物館的世界名畫將在怪鼠城展出。我倒是很想去看看畫展，只是我當刻根本沒有心思考慮藝術的事情！我得趕緊去福爾摩鼠家！

不過，我轉念一想，他消息那麼靈通，一定知道火車延誤了。

這下我乾脆不作多想，決定先去藍貓咖啡店吃點東西墊墊肚子……我快餓暈了！我狼吞虎嚥的，很快就吃完一個烤肉配蔬菜三文治！

我一不做二不休，又繞路去了一趟藥房，因為早上起牀的時候，我發現鼻子上冒出了一顆討厭的痘痘！我得買點藥膏抹一抹！

最後，我穿過窄巷，越過一個剛刷了藍色油漆的圍欄，這才抵達離奇大街13號。

我面對着一棟不尋常的灰色大理石**建築**，深藍色大門旁邊掛着一塊青銅色牌子，上面寫着：

福爾摩鼠偵探社

我正要按那個古銅色的門鈴，按照我們的接頭暗語，應該是短按三下，再長按一下。就在這時，門上的**防盜眼**打開了。我隱約看見有一隻眼睛正仔細打量着我……

我認得那個眼神，是皮莉鼠小姐，福爾摩鼠的**女管家**。

她問：「請問你找哪位？」

我歎了口氣：「皮莉鼠小姐，是我呀，助理偵探史提頓，謝利連摩·史提頓！」

她卻無動於衷地說：「你得說出**口令**才能進來！」

我胡亂猜道：「呃，*塔列吉歐？*」

她激動地說：「不對，*塔列吉歐*是昨天的口令。你得說今天的！**很抱歉，我收到非常嚴格的命令**。沒有口令，誰都不可以進來，包括你！另外，你得好好訓練一下自己的**記憶力！**我這麼做都是為了幫助你進步，成為一位越來越出色的助理偵探！」

接着，她鼓勵我道：「你再想想，你剛才的回答已經很接近了……」

「呃，那麼*莫澤雷勒*？*斯加摩蘇*？*巴馬臣*？」

她沮喪地說：「不對！不過已經很接近了，非常接近！」

我繼續亂猜一通，說：「*馬斯卡波？格魯耶爾？斯特拉奇諾？*」

她長歎一聲，說：「都不對，不過也沒有錯得很離譜……加油，還有什麼**乳酪**是你還沒提到的？」

「*卡布里？梵提娜？*」

「史提頓先生，注意，你還沒有提到那個『*葛*』開頭的，『*拉*』結尾的，準確一點是『*佐拉*』結尾的乳酪……我相信你一定可以猜到的！發揮你的偵探直覺！」

我大聲說：「今天的口令是**葛更佐拉！**」

門開了。我看見皮莉鼠小姐的頭髮有一縷挑染成了**粉紫色***（我每次見到她，那縷頭髮的顏色都不一樣的）*，和她的上衣和褲子的顏色正好相同。

皮莉鼠小姐一臉**質疑**的樣子打量着我，從鬍鬚尖看到尾巴尖。

她嘟囔道：「你真的是史提頓先生嗎？誰進出這個家門，我都要負責把關的！」

「**皮莉鼠小姐**，當然是我啦！你想看我的名片嗎？」

她伸出手爪，說：「這個提議倒是很好，謝謝！」

於是，我遞給她一張象牙色的**名片**。

她仔細地檢查名片，說：「很好，很好。請進，史提頓先生！」

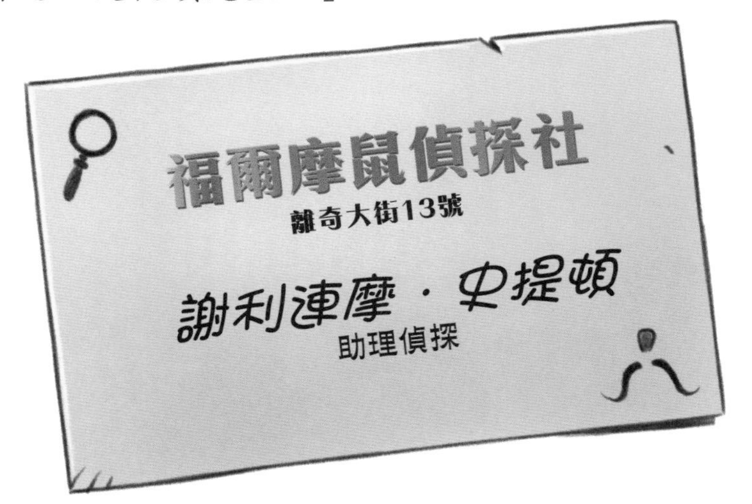

我終於進入了那座充滿神秘色彩的古怪大屋。

就在這時，一台掛鐘連續敲響了六下。女管家說：「現在已經六時了！茶點時間已經過去好一會兒了！快點，史提頓先生，快點去工作室，他應該已經渴壞了！」

我趕緊爬上二樓，沿着漆黑的走廊往前走。我的爪子踩在木地板上，發出「吱嘎」的迴響聲。我一直走到一個貼着深紅色壁紙的房間，壁紙上繪有一個個小問號花紋圖案。

房間裏的光線很暗，只有蠟燭和壁爐裏的火苗照着亮光。

我環顧四周，房間裏好像沒有鼠！可是，皮莉鼠小姐說福爾摩鼠就在這裏等着我！

我走到他的扶手椅跟前。那把椅子，除了他，誰都沒有坐過。我每次去那裏的時候都會想，不知道坐在上面是什麼感覺……

嗯，我都來了，反正也不會出什麼岔子，不如我就坐上去一小會兒體驗一下大偵探的座椅！

於是，我伸出一隻手爪……

「啊呀！」我大叫一聲，原來扶手椅上**坐着**一隻鼠！就是福爾摩鼠！

吱吱，我居然沒發現他坐在那裏！

他看着我，說：「史提頓，你剛才想幹什麼？這是我的椅子，不是你的！」

我尷尬得語無倫次：「對……這個，不，不是……」

福爾摩鼠大聲說：「首先，請把你的假鬍子整理好！難道什麼都要我提醒你嗎？**作為一名偵探的重要原則：學會喬裝和隱藏自己……不僅能喬裝成不同角色，也能喬裝成椅子！史提頓，記下來！**」

然後，他指着一張擺着國際象棋**棋盤**的小桌子和一把為助手*（也就是我！）*準備的小椅子，以一種不容反駁的語氣説：「快，輪到你了！」

哎呀，不會吧，那天剛好是福爾摩鼠想**下棋**的日子！

你們可不要誤會，我很喜歡下棋，但是和福爾摩鼠下棋很沒趣，**因為每一局棋總是很快就下完**……

我歎了口氣，坐到了屬於我的椅子上。我走了一步兵；接着，福爾摩鼠走一步，我又走了一步，接着他又走了一步……這時，我停在那裏，研究下一步棋該怎麼走。

福爾摩鼠抱怨道：「史提頓，你能想快點嗎？我快無聊死了，真是的！」

我緊張得鬍子直打顫。我終於決定下了一步棋。我對自己很滿意，相信自己有贏下棋局的機會……

「爛棋！」福爾摩鼠得意洋洋地說：「這個棋局也贏得太容易了！每次都一樣，真沒趣！」

怎麼回事？我絲毫沒有察覺！然而……然而，福爾摩鼠又贏了。只花了短短五分鐘！

福爾摩鼠歎了口氣，說：「唉，這棋局也太短了。爛，真的很爛。不過，這樣也好，我們就可以早點開始聊一聊壓在我心頭的事情。史提頓，我們暫且不管你**遲到**這件事，因為這是鐵路公司的責任……我們暫且也不管你在火車上一直睡到站……我想說的是，現在，你一定會有足夠的時間思考與藝術相關的事，因為這次的案件正正和**藝術**有關……

我驚呆了，不禁失聲問道：「可是……你怎麼什麼都知道啊？尤其，你是怎麼知道我思考過**藝術**的事情？」

案件

「怪鼠城的藝術文物珍寶
正面臨巨大的威脅……
只有我可以阻止！」

夏洛特·福爾摩鼠

福爾摩鼠得意地笑道：「史提頓，這不過是基本演繹法！你別忘了，*福爾摩鼠可不是傻瓜！*」

他見我一臉愕然，笑着繼續說：「我在**手提電話**上設置了一個程式，它會推送各種我感興趣的即時新聞，所以我知道你的火車延誤了。而剩下的，不過是我的邏輯推理。我推斷你在旅程中睡着了，否則你一定會打電話通知我火車延誤的！」

我還是很困惑地問道：「就算是這樣，那你又是怎麼知道我從火車站走到這裏的一路上思考過藝術的事情呢？」

「**史提頓，基本演繹法**！怪鼠城的大街小巷都張貼着《蒙娜麗鼠》畫展的海報……況且，我記得你之前在妙鼠城就和這幅世界名畫有過交集，推斷出你在想這方面的事情很合理啊！」

「這倒是……我之前還在想，這次大概沒時間去關心藝術了……」

福爾摩鼠一副嚴肅的神情盯着我，說：「讓我生氣的是，你既然已經遲到了，還走路過來……甚至停下來吃東西*（還是一個和平時不一樣的地方！）*，而且居然還繞道去了一趟藥房！」

我瞠目結舌地問：「福爾摩鼠，你到底怎

麼知道的呢？」

他解釋道：「你的領帶上有烤肉的油漬，而你平時去的那間餐廳只賣乳酪三文治。所以，你一定是去了一間和平時不一樣的餐廳……極有可能是『藍貓』，因為那咖啡店位於車站和我家之間！」

以一千塊莫澤雷勒乳酪的名義發誓，我看了看自己的領帶。我可完全沒有注意到沾上了烤肉的油漬！

福爾摩鼠繼續說：「你的鼻子上長了一顆痘痘，所以我相信你一定是去藥房買藥膏了。我看見你的一隻鞋子沾上了藍色油漬。這幾天，住在窄巷的鄰居剛好在給圍欄刷藍色的油漆。所以，我推斷你一定是為了繞道去藥店，才會走那條路，因為那條路並不是從火車站走來我家的最短的路線。」

和往常一樣，我非常羡慕福爾摩鼠的推理

能力。不過，他最後漫不經心地總結道：「史提頓，我叫你過來是因為怪鼠城的**藝術文物珍寶**正面臨巨大的威脅！只有我可以阻止！我估計**市政當局**今晚就會上門找我幫忙！」

就好像是附和他的話似的，門鈴就在那一刻響了：**叮咚！叮咚！叮咚！**

猜測史提頓的行蹤

傳說中的狼貓？！

沒過多久，皮莉鼠小姐就將一隻栗色頭髮的女鼠領進了工作室。這隻女鼠碩大的鼻頭上架着一副小小的圓框**眼鏡**。

她自我介紹道：「福爾摩鼠先生，晚安。我叫卡蘿塔．鬍鬚鼠。我冒昧造訪是因為……嗯……」

福爾摩鼠見她猶豫不決，便接過話來：「是因為本市的藝術文物珍寶面臨神秘而可怕的威脅！怪鼠城博物館、貝鼠芬之家、塔樓、城堡，以及收藏珍貴古董小提琴的樂器博物館都已經遭殃了！」

卡蘿塔驚訝得目瞪口呆，問道：「你是怎麼知道的？這……可是機密！」

福爾摩鼠狡黠地微笑道：「我只是作了簡單的推斷。上個月，好幾間博物館都突然因為各種各樣的原因接連宣布臨時關閉，塔樓和城堡進行維修，貝鼠芬之家要刷牆，而古董小提琴也需要修復。另外，今天早上，連怪鼠城博物館都宣布閉館了……我猜你就是從那裏過來的，對嗎？」

卡蘿塔難以置信地回答道：「沒錯，正是如此！我是一名藝術顧問，跟博物館合作有一段時間了。館長羅迪．麥卡第本來想親自過來，不過此時此刻他正忙着和……」

福爾摩鼠又打斷她說：「和警察局聯絡吧。小姐，我們也得把握時間。請你跟我詳細說明本市的藝術文物**珍寶**到底遭遇了什麼可怕的事情！」

卡蘿塔突然淚如雨下：「福爾摩鼠先生，真的，真的太可怕了！許多藝術文物珍品上都留下了**三條深深的刮痕**。警方稱之為文物『貓爪痕』！我這裏有一張警方科學鑑證組提供的照片！」

卡蘿塔向我們展示了手提電話上的一張照片。

我很震驚，失聲問道：「貓？一隻**貓**把這些藝術品都**毀**了？」

卡蘿塔苦笑道：「這也是神秘之處……罪犯不僅僅刮破了紙和木頭，而且在黃金和鋼鐵製品上都留下了爪痕！但是，一隻貓的爪子怎麼能夠刮破這些金屬製品呢？」

福爾摩鼠若有所思：「嗯……」

女鼠繼續說：「另外，我們也不知道為什麼那個傢伙總是留下相似的爪痕……也許因為他憎恨藝術？我……我一想到這裏就心驚膽顫！」

我見福爾摩鼠不作聲響，於是提出我的一個假設：「那罪犯留下這些可怕的爪痕，會不會是想勒索怪鼠城?!」

她搖搖頭，說：「史提頓先生，我覺得應該不會……到目前為止，我還沒有聽說任何索要金錢的消息。」

這時，皮莉鼠小姐推着茶點車進來招呼我們。車上放着三杯熱氣騰騰的茶、一個茶壺和三碟不同款式的乳酪點心。

福爾摩鼠捋了捋鬍子說：「皮莉鼠小姐，你真貼心！我正想吃點乳酪**點心**呢！」他接着說：「我很欣慰，你還特別把點心按照顏色淺深整齊地排列着。**精確，精確，精確！**史提頓，快記下來！」

我飛快地記下，然後捋了捋鬍子，伸出一隻手爪，想拿一塊點心**嘗嘗**。福爾摩鼠旋即將托盤推開，並遞給我一顆葡萄。

「作為一名偵探的重要原則：飲食清淡，保持頭腦清醒！史提頓，你記下來

了嗎？」

卡蘿塔提起一隻茶杯，說：「其實，很多鼠有另外一個假設……罪犯可能是『狼貓』！」

我差點把茶杯打翻，說：「狼……狼貓？那不是傳說中的生物嗎？」

福爾摩鼠回應道：「沒錯！史提頓，那是個完全沒有根據的傳說！」

卡蘿塔看起來很擔心，說：「這些事件都發生在月圓之夜……昨天又是一個月圓之夜，罪犯再次襲擊了博物館！一名保安剛好看見了那個怪物！如果這個消息不脛而走……那肯定會造成恐慌！」

皮莉鼠小姐一邊收拾茶壺，一邊一副萬事通的模樣，漫不經心地插話道：「誰知道呢，罪犯也有可能不是狼貓……而是喜歡貓的老鼠！」

福爾摩鼠捋着鬍子若有所思：「皮莉鼠小姐，我覺得你的想法很有意思……我會認真思考這個可能性！」

然後，他一躍而起，說：「史提頓，快準備！我們這就隨鬍鬚鼠小姐去怪鼠城博物館。那裏有神秘的貓留下的最後的爪痕。這個案件我接下了！」

於是，我們一道出門前往案發現場進行調查。皮莉鼠小姐已經為我們召來了的士，就在離奇大街13號門外等候着。

調查

「我不相信什麼傳說……
我會證明貓爪痕
背後一定有陰謀！」

夏洛特・福爾摩鼠

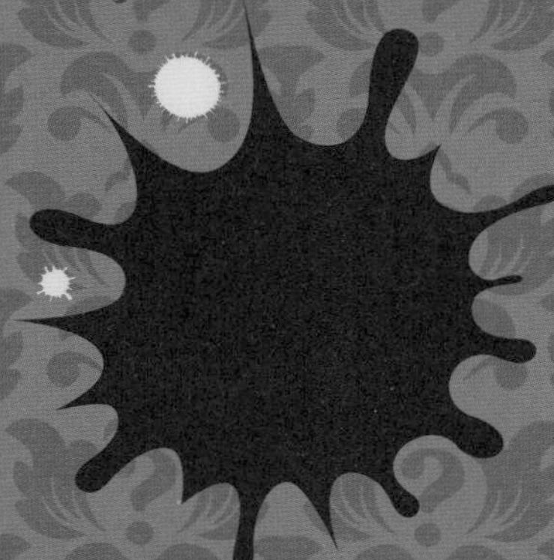

的士停在市中心一座古樸的大樓前。怪鼠城博物館到了！

博物館館長羅迪·麥卡第正在大樓外緊鎖的鐵柵門前等着我們：「福爾摩鼠先生，有你接手我們的案件，我就放心了！情況很不樂觀！昨天半夜，那隻貓也在我的博物館裏留下了爪痕！」

福爾摩鼠語氣堅定地低聲回答：「館長，小心消息外洩！麻煩你詳細說明事情的經過。」

麥卡第館長帶着我們穿過博物館的走廊。他一邊走，一邊向我們報告：「損壞的是怪鼠城最珍貴的地圖，也就是**城市地下通道設計圖**。」

福爾摩鼠打斷道：「嗯……你是說怪鼠城獨一無二的古老地下通道網？怪鼠城曾經固若金湯，正是全賴這些地下**通道**。在遭遇外敵入侵時，市民可以藉此逃生！」

館長歎了口氣：「正是那幅地圖……」

就在這時，我們走到一扇貼着警察封條的大廳門前。

麥卡第館長向我們介紹了另外兩位專家：「這位是梵・頂流鼠教授。他是**狼貓**研究領域的專家。福爾摩鼠先生，某程度上，他也可說是你的同行！」

我的偵探朋友不以為然地盯着教授，說：「**狼貓**？哼！我的工作可不是研究那種小兒科！**我只對邏輯感興趣！**」

梵・頂流鼠教授語氣堅定地回答說：「福爾摩鼠先生，我是研究歷史真偽的學者，你就等着瞧吧！」

館長繼續介紹另一位專家：「這位是**度・科學鼠**。他是警方鑑證科的專家。他負責封鎖大廳和檢視受損的**館藏**。」這隻鼠戴着眼鏡，身穿印有怪鼠城警察局徽章的白袍。他接過話說：「我正在分析爪痕……以及所有被神秘**犯案者**留下爪痕的藝術文物珍品……」

一把我很熟悉的聲音打斷了他的話：「福爾摩鼠，這次案件可是高度機密！所以我還沒有打電話通知你。朋友，我向你致歉……」

湯姆・特拉法警長突然出現在大廳盡頭。他身邊還有一隻女鼠……她的身影有些眼熟……對了，她是索尼婭・先鋒鼠警員！

福爾摩鼠說：「湯姆，沒事！你們快給我說說，昨天半夜到底發生了什麼事……」

警長叫來一名博物館保安。保安驚恐地說：「昨天半夜，我看見狼貓了！牠非常巨大！牠的眼睛在漆黑一片中閃閃發光，牠的爪子又尖又長！」

福爾摩鼠用手提電話上網查找了該展品的照片。保安繼續說：「狼貓先是撞破了玻璃，接着又用利爪毀壞了藝術文物珍品，然後就奪門而出逃跑了！」

博物館裏的一個展廳被警方鑑證科貼上了封條。

福爾摩鼠看了看那副被毀壞了的地圖展品，又盯着自己在網路上找到的照片。他好像更關心那張照片，而不是眼前的地圖證物。

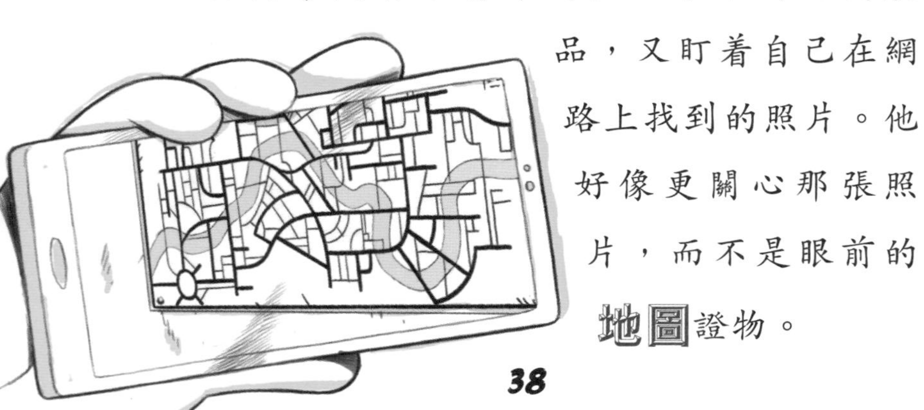

館長抱怨道：「唉！我們可以試着**修復**這幅地圖，不過無論如何都不可能和以前一模一樣了！」

福爾摩鼠說：「可以的！」

我驚訝地大聲問：「什麼意思？」

他答道：「史提頓，這個不是現在的重點。你記下要點了嗎？我的助手鼠，這可是**第一條線索！**」

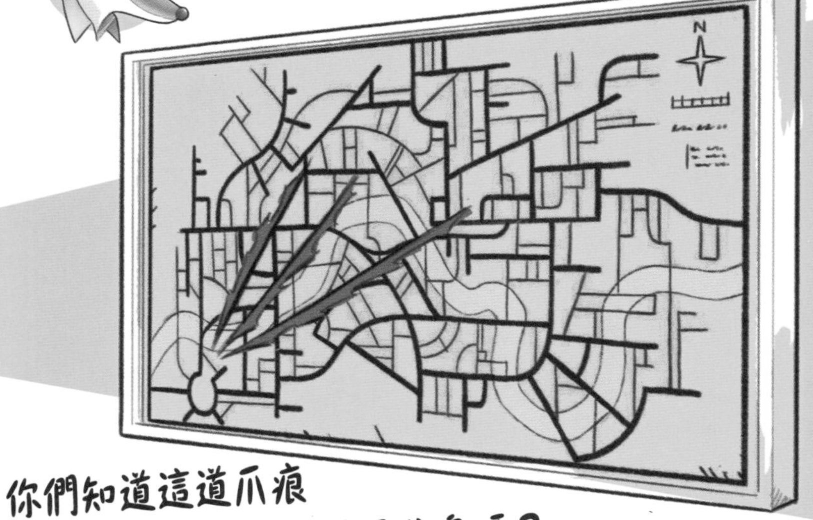

你們知道這道爪痕留下了什麼重要信息嗎？

福爾摩鼠用手爪指着這幅城市地下通道設計圖上的爪痕。

福爾摩鼠接着說：「你們來看爪痕的位置吧！它們好像**箭頭**一樣指着左下方的某處，也就是城市的西南區域。那裏剛好是目前仍然對公眾關閉的古老地下通道！」

特拉法警長問道：「福爾摩鼠，這說明什麼呢？」

他答道：「呃……我暫時還不知道……不過我相信，我很快就會**發現**其中的端倪！」

他接着說：「史提頓，我們該走了！我想去檢查所有被毀壞的藝術文物珍品……我確定，這裏的**線索**不會是唯一一條。館長先生，告辭！」

館長答道：「福爾摩鼠先生，再見！**祝你查案順利！**」

偵探轉身對湯姆·特拉法警長說：「湯

姆，我相信你們會與我們同行，對嗎？」

「當然！」警長回答，「我、索尼婭，還有度．科學鼠會告訴你我們所掌握的所有線索。**梵．頂流鼠教授**，你想跟我們一道去嗎？」

教授答道：「當然。到目前為止，狼貓的**假設**是最合理的，你們無法否認這一點。」

卡蘿塔也主動加入我們，說：「如果各位不介意，我也想和你們同行。我也許能幫上忙，畢竟我是藝術顧問！」

福爾摩鼠大聲說：「無庸置疑。小姐，跟我們一起去吧！」

卡蘿塔報以微笑。那副圓形眼鏡戴在她漂亮的鼻頭上是那麼合適！

斯方隆迪女王的勳章

我們一起離開博物館，趕往城堡。早在一個月前的月圓之夜，那裏有兩件文物珍品遭到了損壞。罪魁禍首據説就是臭名昭著的狼貓。

我們匆忙趕路，福爾摩鼠的手提電話突然「嘀」的一聲響了。

福爾摩鼠驚呼：「我收到了*一條新的推送*！我需要隨時獲得最新動態！哼！各位，一個無賴入侵了我市所有的電視台、電台廣播、網絡報紙，並留下一條信息……他自詡為『神秘的狼貓』，在怪鼠城最重要的藝術品上留下了爪痕……他揚言**遊戲才剛剛開始**！」

卡蘿塔驚叫：「啊，事態急轉直下啊！」

度．科學鼠雙手插在白袍的口袋裏，憂心忡忡地一言不發。

特拉法警長看着索尼婭，說：「我們一定會將罪犯捉拿歸案！」

福爾摩鼠繼續說：「這個自稱為狼貓的傢伙還向我發出**挑戰**。他竟妄想自己比我厲害。呸！」

隨後，他的手提電話又傳來「叮！」的一聲。那是收到短信的聲音！

吱吱！我對那個神秘的**犯案者**所表現出的自信印象非常深刻。

福爾摩鼠卻不為所動：「我會用事實證明我才是最厲害的！我認為罪犯的藏身之處就在**我市**西南區域的地下……也就是地圖上的爪痕所指的方向。史提頓，你記下來了嗎？這是一條**非常明顯的線索，明顯得索然無味！**不過，我還需要更多線索，才能定位他的確切位置……我們就繼續調查吧！」

我們加快步伐，趕往怪鼠城的城堡。那裏有犯案者破壞的兩件藝術文物珍品。我們首先要檢查的，是斯方隆迪女王珍貴的勳章。

米蘭達·歡樂鼠館長迎接了我們，說：「只有狼貓有能力**毀壞**那枚勳章。一隻普通的貓是不可能用爪子刮破黃金的！狼貓逃跑的時候……我好像看見了！準確地說，我看見了

一個遠去的**背影**……非常非常巨大！」

梵・頂流鼠得意地說：「某些著名的**偵探**（*就在我們當中！*）居然認為狼貓不存在！」

福爾摩鼠不以為然，繼續說：「館長，你可以帶我們去看看遭到破壞的勳章嗎？」

她回答：「這邊請……不過，警察封鎖了展廳！」

科學鼠拿出一串鑰匙上前……咔嚓！

我們走進收藏着勳章的展廳，裏面漆黑一片……咕吱吱！聽了那麼多關於狼貓的罪惡行徑，我嚇得鬍子直打顫！

幸好，館長很快就打開了燈。只見大廳中央的水晶展櫃，裏面掛着一枚碩大的黃金勳章，熠熠生輝！

福爾摩鼠查看着手提電話，對我說：「史提頓，看這張照片！記下所有的細節，也許將來用得着！」

我仔細觀察照片，忍不住將照片和水晶展櫃裏的勳章進行對比。哎呀，女王的勳章被糟蹋得再也不可能恢復原來的樣子了！

當我還在仔細**觀察**的時候，福爾摩鼠突然大聲說：「這裏至少有兩個需要注意的細節……**史提頓**，加油，從最**基本**的開始！你看明白了嗎？如果你仔細觀察，一定可以發現**第二條線索！**」

可是，不等我開口，他就堅定地說：「史提頓，基本演繹法！勳章上有繁茂鼠家族的**徽號**。你也留意到了，對吧？」

我支支吾吾地說：「嗯……我不知道……」

福爾摩鼠哼道：「這是斯方隆迪皇室的徽號。我們可以在怪鼠城的城門、鐘樓、甚至一些古老的**渠蓋**上看到徽號的圖案。」

我這才恍然大悟：「沒錯，我剛才就覺得好像在哪裏見過這個圖案呢！」

接着，我補充道：「福爾摩鼠，我仔細觀察了照片，不過沒有發現其他線索。呃……你說的另一條線索是什麼呢？」

他嘟囔道：「史提頓，我早就看到了，很重要，不過還未到時候告訴你！那個無賴罪犯向我發起了挑戰，故意留下了一些線索。我會一一找出來！**我一定會是最後的勝利者！**」

一個七零八落的騎士！

這時，福爾摩鼠轉身對館長說：「我們還想去看看城堡裏另一件被毀壞的珍寶。要是我沒記錯的話，應該是**長矛鼠騎士**的盔甲！」

館長回答：「福爾摩鼠先生，你真是料事如神！」

於是，我們穿過整個城堡，抵達塔樓。

館長解釋道：「**盔甲**就鎖在展廳裏。不過和之前一樣，我沒有展廳的鑰匙……鑰匙在鑑證科那邊！」

度．科學鼠拿出一串鑰匙，說：「這件藝術品本該扣押至鑑證科**調查**完畢……不過，我這就開門，配合查案！」

只見科學鼠試了幾次，卻開不了門，說：「呃……鑰匙好像沒用！應該是**門鎖**生鏽了！」

卡蘿塔上前一步，說：「我來試試……」

她嘗試了沒幾秒鐘，門就開了！

福爾摩鼠讚歎道：「卡蘿塔，厲害！你還有開鎖的本事呢！」

她不好意思地答道：「沒有啦，只是多點耐心而已……」

我也讚賞地說：「卡蘿塔小姐，你為我們解決了一個大難題！」

她向我報以溫柔的目光，說：「你真是個紳士！」

咕吱吱，我一下激動得滿臉通紅！

我注意到福爾摩鼠正在看手提電話，一副憂心忡忡的樣子。

他急匆匆地說：「呃……小心流言蜚語！我們進去吧！」

大廳中央，騎士的盔甲變得七零八落，胡亂拼湊在一起。胳膊裝在腿上，頭安在肩膀的位置，一隻腳變成了手，還有其他各種各樣的細節錯位……只有盔甲的胸部完好無缺，不過上面有我們非常熟悉的爪痕。

福爾摩鼠仔細觀察道：「嗯！這一次，爪痕出現在鋼製盔甲上！」

梵·頂流鼠再次重申了他的理論，說：「一定是狼貓！普通的貓爪不可能刮破金屬……」

老實說，大家當時都抱有同樣的想法……

於是，我鼓起勇氣說：「福爾摩鼠，如果這不是狼貓的**傑作**，又會是誰的呢？」

他沒有回答，繼續看着自己的手提電話。然後，他迅速在網絡上搜尋，找到了一張盔甲的**照片**，和眼前這個七零八落的版本進行對比。

福爾摩鼠說：「嗯……那隻貓為了挑戰我，又留下了一條線索。這是**第三條線索！**」

然後，他把手提電話遞給我：「史提頓，來，你也看看！這幅照片告訴我們兩條信息，不過我們可以先把重點放在最有趣的那條上！那個七零八落的盔甲到底缺了哪個部位？」

我支支吾吾地說：「呃，對比原來的樣子……應該是……我是說……也許……」

我仔細**對比**着展廳裏的盔甲和手提電話上的照片。

「頭還在，一隻胳膊在這裏……另一隻在那裏……一條腿在這兒，另一條在哪兒呢？……找到了，在這裏！以一千塊莫澤雷勒乳酪發誓！我一頭霧水，所有的部分都錯位了！」

福爾摩鼠有些不耐煩了，說：「史提頓，集中注意力！這麼明顯，你怎麼就看不出來呢？」

永遠別忘了檢查缺了什麼！

你也試着對比兩幅盔甲看看。
你注意到什麼奇怪之處了嗎？

我有些尷尬地繼續對比兩副盔甲，最後終於知道答案，驚呼道：「找到了！盔甲上少了一隻**手套**，也就是一隻手掌！應該是左手。那右手被裝嵌到腿上，然後再裝到胳膊充作手臂！」

特拉法警長評論道：「對啊！可是，這又說明什麼呢？」

福爾摩鼠轉動着手指，說：「我確定，這條**線索**加上先前那兩條，可以幫助我們追蹤到**罪魁禍首**！」

古董小提琴

我們一行鼠離開塔樓，在夜色中徑直前往下一站——樂器博物館。樂器博物館位於怪鼠城的市中心，離塔樓不遠。我和卡蘿塔並肩而行。她偷偷盯着我看，微笑着，好像在鼓勵我……吱吱，但我不知道該說些什麼！

我一抬頭，看見閃亮的夜空，便抓住這個話題說：「呃，卡蘿塔小姐，你有沒有發現月圓之夜的城市比往常更漂亮？」

她圓形鏡片後的一雙眼睛睜得很大，說：「是的！非常浪漫，不過……一想到關於狼貓的可怕謠言，我就渾身發抖！」

聽卡蘿塔一說，我也嚇得尾巴都蜷縮起來了，說：「可是……福爾摩鼠先生說這種生物並不存在！我相信他說的話！」

卡蘿塔嘟囔道：「史提頓先生，我也不知道該不該相信……目擊者全部都表示親眼看到了那個**怪物**！」

以一千塊莫澤雷勒乳酪的名義發誓，我一點都不喜歡思考這個問題！還是趕緊轉換話題較好！

於是，我指着一張怪鼠城美術館的《蒙娜麗鼠》畫展海報，對卡蘿塔說：「我想你應該知道偉大的李安納度．達文鼠的**傑作**吧！」

卡蘿塔笑着說：「當然了！這是我最欣賞的畫作之一！」

我繼續說：「很久之前，我曾經在《鼠民公報》刊登過**《蒙娜麗鼠》**專題報道……那真是一次特別刺激的冒險！」

她眨了眨眼睛，說：「聽起來真有趣！你什麼時候有時間，給我講講那次冒險……啊，史提頓先生！你真有趣……」

咕吱吱，我激動得鬍子不停地晃動！

沒過一會兒，我們就抵達了樂器博物館，一座沈浸在夜色中的古樸小樓。博物館館長**謬斯克・音樂鼠**在門口迎接了我們。

福爾摩鼠直截了當地說：「我們知道多波尼奧・妙音鼠的**古董小提琴**在上個月的月圓之夜遭到了襲擊……你可以帶我們去看看嗎？」

「當然可以，那小提琴在警察貼了封條的一個櫃子裏**保管**着呢！」

度・科學鼠再次拿出鑰匙，打開了櫃子。館長向我們展示了古往今來最偉大的小提琴製作大師多波尼奧・妙音鼠珍貴的古董小提琴。

只見那小提琴的木琴身上有幾道深深的**爪痕**，琴弦也被扯斷了！

福爾摩鼠再一次用手提電話搜索相關照片，

然後問度·科學鼠：「**犯罪現場**除了損壞的小提琴，是不是沒有其他東西遭到破壞？」

「沒錯！」科學鼠回答。

我歎了口氣：「又一件藝術珍品被毀壞了！」

福爾摩鼠哼了一聲：「史提頓，集中精神思考吧！這裏有**第四條線索！**」

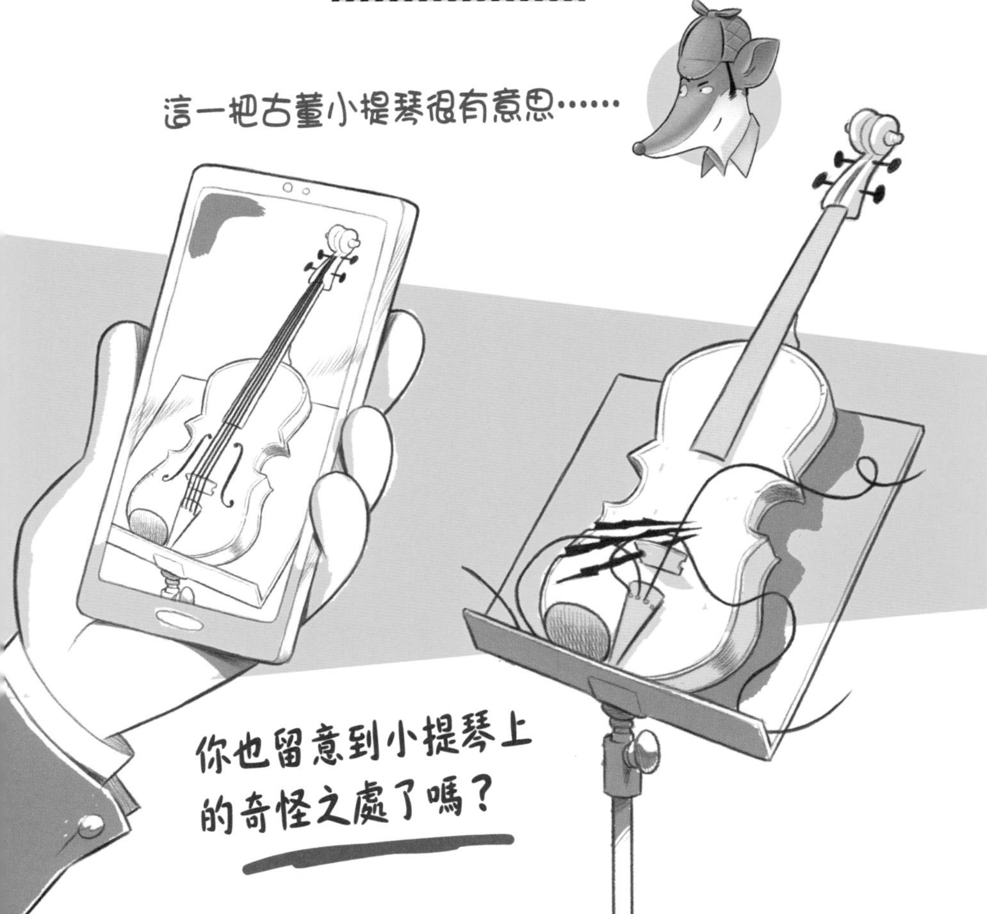

哎呀！到底是什麼福爾摩鼠看見而我沒注意到的細節呢？

於是，我集中精神，

集中精神，集中精神……

直到我回想起他剛剛問度．科學鼠的那個問題……突然，我明白了！

我驕傲地大聲說：「小提琴上只有三根斷了的琴弦，第四根琴弦不見了！」

大偵探讚許道：「史提頓，還不錯。不過你還是漏掉了一個重要的細節。你仔細看看照片，將它和眼前的這一把小提琴對比……你很快就會發現！」

以一千塊莫澤雷勒乳酪的名義發誓，到底還有什麼可疑之處是福爾摩鼠看見而我沒注意到的呢？

貝鼠芬之家的樂譜

到此為止，我們只剩下最後一件遭到襲擊的藝術品還沒有檢查了。不過多久，我們就來到一個十八世紀的大理石建築門口。大門上的徽號圖案顯示這裏就是貝鼠芬之家。

一名管家為我們引路。我和度．科學鼠並肩而行。我留意到他的白袍上黏着一小塊長長的蜘蛛網。我提醒他，可是他回答道：「我很喜歡蜘蛛呢！牠們是我最喜歡的昆蟲！」

這時，與我們相距不遠的福爾摩鼠喃喃自語：「嗯……有意思……」

貝鼠芬家族的一家之主貝納德．貝鼠芬在大廳的樓梯旁邊迎接我們，說：「福爾摩鼠先生，歡迎光臨敝舍！在我們遭逢不幸的時刻，我很榮幸，你前來相助！你一定已經知道了，十八世紀著名的作曲家，也就是我的祖先**托皮革．梵．貝鼠芬**珍貴的**樂譜**手稿遭受損壞，手稿再也不能恢復原樣了！」

貝納德向我們介紹了他淚流滿面的夫人碧翠絲。大廳的角落裏，有一隻年幼的女鼠正在彈奏一曲非常悅耳的鋼琴曲。我好像曾經聽過那個旋律呢。

貝納德說：「我的女兒貝茲年紀尚小，但已經是一名非常出色的**鋼琴家**了！」

然後，他向我們展示了受損的樂譜手稿。

「你們看見了嗎？樂譜上留下了神秘的爪

痕。昨天夜裏，我聽到奇怪的**聲響**，於是下樓察看。我看見了一個碩大的貓身影從天台上跳了進來，牠真的好像……一隻**狼貓**！」

梵·頂流鼠插話道：「啊哈！福爾摩鼠，你們聽見了嗎？」

我們大家全都面面相覷，只有福爾摩鼠應了一聲：「哼！」

貝納德接着說：「這是音樂史上不可彌補的重大**損失**！」

他面容沮喪，他的太太啜泣着，而他們的女兒則繼續在那裏彈奏着鋼琴……

福爾摩鼠仔細**檢查**樂譜，然後停下來，豎起耳朵聽貝兹彈琴……一開始，他發出一聲「嗯……」

等女孩彈奏完畢，他問道：「小姐，你的**樂譜**是那張珍貴樂譜的複製版嗎？你彈的就是那支曲子，對嗎？」

貝兹點點頭。福爾摩鼠走到**鋼琴**前，將受損的樂譜手稿和女孩彈奏的樂譜並排對比。

沒過一會兒，他激動地大聲説：「這樣就説通了！我們的調查正處於關鍵之處，我發現了**第五條線索**，確認了我之前的一個假設！」

我瞠目結舌地看着他：線索？假設？他在說什麼呢？然後，福爾摩鼠追問我：「**史提頓，你明白了嗎？**」

我尷尬得滿臉通紅，一直紅到*（假）*鬍子尖上：「呃……可是……第五條線索……也就是……」

你們也發現線索了嗎？
只要你仔細觀察鋼琴上的樂譜，就會明白福爾摩鼠所說的是什麼意思！

福爾摩鼠沒好氣地說：「什麼都要我親自出馬！爪痕明明白白指着樂譜上的一個點！」

於是，他轉身問貝茲：「貝鼠芬小姐，你可以再彈一下爪痕所指的那一小段音符嗎？」

貝茲照他的吩咐彈奏，這時福爾摩鼠用手提電話把琴音錄下來。

最後，他說：「小姐，十分感謝。我目前還不知道具體的犯案方式，不過這段錄音對我們鎖定罪魁禍首一定有幫助！」

於是，我鼓起勇氣問：「這是線索，還是確認的假設？」

他沒好氣地說：「你怎麼還不明白呀？這個樂譜……是贗品！和貝鼠芬小姐的樂譜相比，這個樂譜上有一個音符不一樣！」

貝納德尖叫道：「我完全沒有察覺到！」

福爾摩鼠繼續說：「還不止這個。事實上所有遭到損壞的文物珍寶……都是贗品！」

親愛的讀者，你有發現那些被毀壞的文物珍寶都是贋品了嗎？沒有？大家快來仔細觀察那些贋品和真品有哪些不同之處吧！

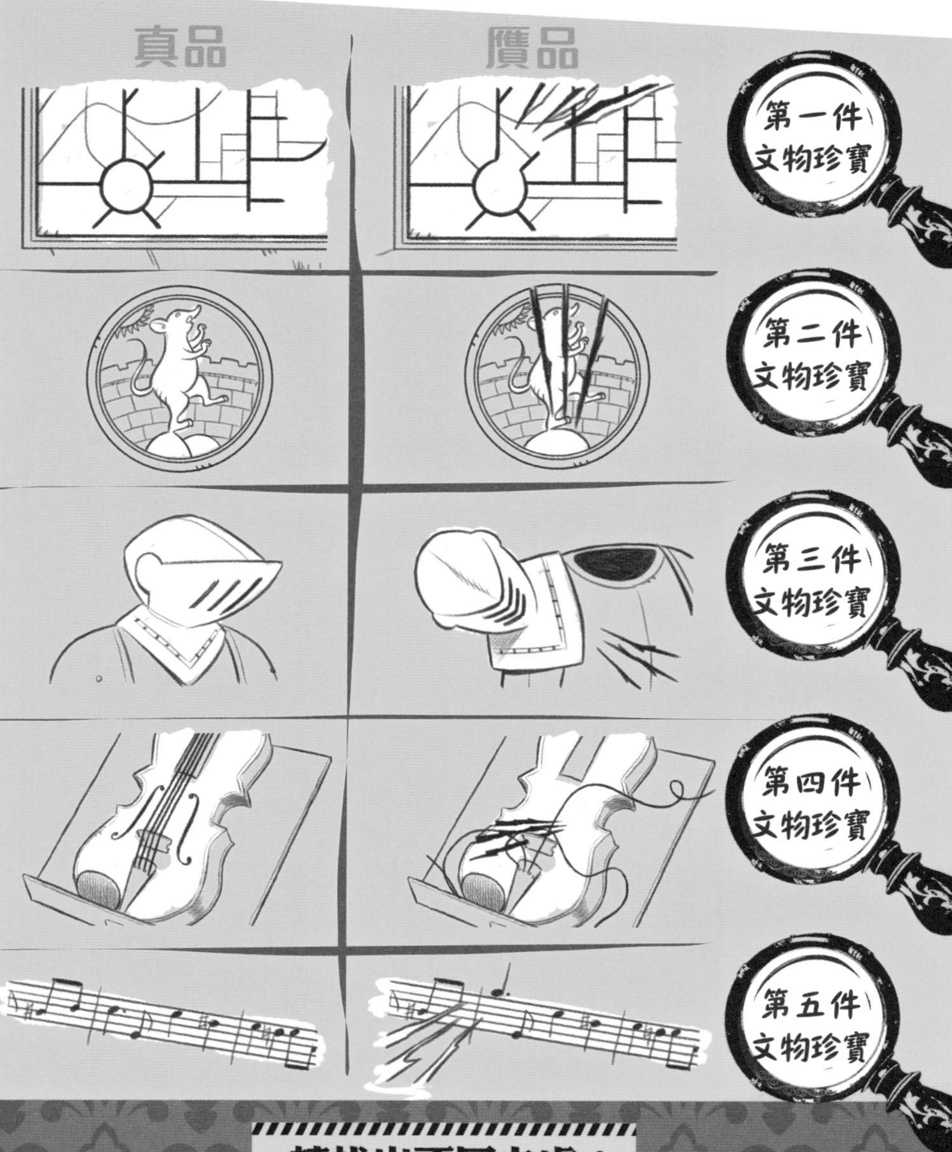

請找出不同之處！

特拉法警長嚇得跳了起來問道：「贋品?!這是怎麼一回事？」

福爾摩鼠繼續說：「**地圖**是由一名**造假高手……高高手仿製的**！只要仔細對比受損的地圖和我在互聯網上找到的照片，你就會發現爪痕所指的圓圈和照片上的並不相同。贋品上的圓圈不是閉環！」

我結結巴巴地問：「那……那**勳章**呢？」

他感歎道：「史提頓，如果你仔細觀察，一定可以看出來的！真的**勳章**上的繁茂鼠應該踩在兩個小球上，從我搜尋到的真品照片上可以看出來……而那個展櫃裏的勳章上，繁茂鼠只踩着一個大球！」

索尼婭·先鋒鼠接着問：「那**盔甲**呢？」

福爾摩鼠把難題拋給我，說：「史提頓，你看明白了嗎？你可以解答她的疑問嗎？」

我趕緊查看我的筆記，再仔細觀察福爾摩

鼠提供的照片……以一千塊莫澤雷勒乳酪的名義發誓！原來這些就是福爾摩鼠之前就留意到的**細節**！

我驚呼：「我現在明白了！盔甲上的頭盔不一樣！照片裏頭盔的**縫隙**呈直線的，而受損的盔甲上縫隙則是橫向的！」

福爾摩鼠微笑道：「史提頓，這次的觀察及時！很基本……但是很準確！」

卡蘿塔一臉讚許地衝着我微笑，並小聲說：「史提頓先生，**你真睿智！**」

然後，輪到特拉法警長發問了：「所以**古董小提琴**也是假的？」

這時，我已經知道調查的方向，也仔細查看了所有照片和筆記……

於是，我信心十足地回答：「小提琴也是贋品！真的小提琴**琴身**面板上有兩個F形音孔，而假的那個上面連一個音孔都沒有……另外，假的小提琴上只有三根斷了的琴弦！」

然後，我提出心裏的疑問道：「福爾摩鼠先生，我還有一事不明白，為何罪犯要損壞這些贋品呢？難道真的是那個神秘的狼貓犯案嗎？咕吱吱，**真是像撞見貓一樣令鼠膽顫啊！！！**」

福爾摩鼠答道：「怎麼還提那些謠言！你難道還不明白嗎？**史提頓，**

加油，基本演繹法……

這都是很基本的推理！

罪犯其實是一名……盜寶賊！」

踏着盜賊的足跡

大家陷入一片沉默，消化着福爾摩鼠的一番話。然後，大偵探接着說：「我希望你們理解……在我向你們**透露**我的推理之前，我必須先確定這些案件中遭受損壞的所有藝術文物珍寶其實都是贗品。現在都清楚了，我們是在和一個**盜寶賊**較量！那隻所謂的『狼貓』偷走了地下通道設計圖、斯方隆迪女王的勳章、長矛鼠騎士的盔甲、妙音鼠的古董小提琴和貝

鼠芬的樂譜手稿！他將那些**完好無缺**的藝術文物珍寶真跡據為己有，並在作案現場留下了受損的贗品！」

特拉法警長插話道：「福爾摩鼠，你的推斷堪稱完美！可是，如果犯案者的唯一**目的**只是盜竊，為什麼還要費那麼大力氣損壞贗品來製造疑案呢？我覺得有些荒唐！」

福爾摩鼠笑着回答：「因為這樣就沒有鼠會聯想到這是**盜竊**！大家會把精力都放在那隻傳說中的狼貓身上！」

他一邊說，一邊看着梵．頂流鼠。教授聳了聳肩膀，說：「但是，有不少目擊者表示看見了**狼貓**！」

福爾摩鼠回答：「這一切自然會有一個解

釋！教授，我有一個**問題**想請教你：一隻狼貓，暫且不論其是否真實存在，有沒有可能會在博物館裏四處閒逛，目的只是為了破壞藝術文物珍品呢？」

梵・頂流鼠點頭道：「當然有可能！」

福爾摩鼠繼續說：「那麼，一隻狼貓……有沒有可能設計如此周詳的計劃？為何要如此大費周章去**偽造**藝術文物珍品呢？」

教授承認道：「**不**太可能……我覺得不可能！那麼……會是誰呢？」

片刻沉寂後，我歎了口氣，說：「如果這些真品都沒有遭到破壞……那麼它們現在被藏到哪裏去呢？到底是誰偷的呢？我真的想不通……」

我的大偵探朋友信心十足地笑着說：「史提頓，再簡單不過了！盜寶賊給我們留下了許多線索，我們只要一個一個梳理就能揪出這個罪犯！」

那時已是午夜過後，我們已經檢查了所有的**盜竊現場**。接下來，我們需要推斷盜賊的犯罪軌跡。

卡蘿塔坦言道：「我真的筋疲力盡了！如果大家不介意，我想回家休息了！」

梵・頂流鼠教授也急忙告辭：「我們**追捕**狼貓的行動看來沒什麼收穫！感謝大家的陪伴！」

度・科學鼠也對特拉法警長說：「如果沒有什麼再需要我幫忙的，我也回去**睡覺**了！」

警長回答道：「沒問題！明天見！」

最後，團隊只剩下我、福爾摩鼠、特拉法警長，以及索尼婭・先鋒鼠。我們幾個向博物館館長告辭，**若有所思**地走在路燈下。

警長說：「今天晚上，我們已經**盡力**了！不如各自回家，早點休息吧……」

福爾摩鼠笑着說：「湯姆，你現在想回去睡覺？如果我告訴你，我判斷那隻盜賊貓的下一次**襲擊**即將在今晚發生呢？」

救救蒙娜麗鼠！

湯姆·特拉法警長瞪大了眼睛，說：「你說那隻盜賊貓的下一次襲擊將會在今晚發生？」

福爾摩鼠格格笑道：「哈哈！這不過是基本演繹法，很簡單！那隻盜賊**貓**總是在月圓之夜行動……我的直覺告訴我，他的最後一次襲擊還是會選在月圓之夜，也就是今晚！」

我有些害怕：「如果他只是在**月圓之夜**行動……福爾摩鼠先生，你覺得這是不是意味着真的是狼貓出沒？咕吱吱……他真是貓一樣讓鼠恐懼啊！」

福爾摩鼠激動地說：「史提頓，當然不是啦！盜寶賊就是想讓我們相信是狼貓所為，才趁着傳說中狼貓出沒的月圓之夜行動！我完全不相信有這樣的怪物存在！**作為一名偵探的基本原則：摒除不合理的解釋……直到得出唯一合理的推斷！史提頓，快記下來！**」

福爾摩鼠的話一點都沒能讓我安心，畢竟有好幾個目擊者聲稱看見了狼貓出沒！

沒多久，我們走到公園附近。月光下的公園好像到處是神秘的長影，沙沙作響……吱吱！

各位鼠迷朋友，老實說，

我當時真的像是

遇見了貓一樣，非常恐懼！

特拉法警長不如我這麼擔心。他語氣嚴肅

地問：「福爾摩鼠，請告訴我……你覺得盜寶賊今晚會襲擊哪裏呢？」

福爾摩鼠答道：「湯姆，這很明顯啊！這幾天有什麼重要的藝術活動呢？」

這時，索尼婭·先鋒鼠驚叫道：「啊！**《蒙娜麗鼠》**畫展！」

她一邊說，一邊指着那幅遍布全城的海報。

福爾摩鼠讚許道：「先鋒鼠警長，很棒的觀察力！我們這就過去瞧瞧！」

我們一行四鼠朝着**怪鼠城美術館**走去。

當我們穿過公園的時候，特拉法警長嘟囔道：「我也該想到的！從妙鼠城**借**來的世界名畫《蒙娜麗鼠》！」

福爾摩鼠回應道：「我的朋友，推理是我的天賦！我早就明白了盜寶賊的**犯案手法**，所以可以提前布局！」

與此同時，我環顧四周，仍擔心在公園的暗處會跳出一隻**兇猛至極**的……狼貓！咕吱吱！

為了讓自己沒空去想那些恐怖的事情，我湊到福爾摩鼠跟前問道：「呃……你是如何推斷出這些的？」

大偵探在夜色中揚起鼻子，回答道：「史提頓，基本演繹法！到目前為止，犯案者盜竊的各種藝術品中唯獨缺了畫作……那麼還有什麼畫作比《蒙娜麗鼠》更加珍貴的呢？對於一名**藝術**愛好者而言，那是不可抵擋的誘惑呀！」

就在這時，我們抵達了公園出口正對面的**美術館**。

特拉法警長向保安出示了證件。保安立刻帶我們進入美術館。

福爾摩鼠說：「麻煩你帶我們去《蒙娜麗鼠》的展廳！」

保安回答：「**跟我來！**」

我們爬上月光下半明半暗的寬闊樓梯，又走過掛滿古樸畫作的長走道，四周一片寂靜。

終於，我們在保安的引路下來到展廳。他為我們打開門，而……

狼貓就在那裏，

站在《**蒙娜莉鼠**》跟前！

應該說，兩幅《蒙娜麗鼠》跟前！真的那幅名畫靠牆放在地上……而狼貓正在用可怕的利爪**爪破**已經掛在牆上的贗品。

咔啦沙啦沙啦沙啦！

咔啦咔啦咔啦！

嘩啊！狼貓的體形非常巨大，比一隻老鼠大太多了！

咕吱吱！我**嚇**得渾身發抖，從鬍尖到尾尖……真是尤如遇到貓一樣那麼恐懼啊！

福爾摩鼠鎮定地說：「我的朋友們，盜寶賊就在眼前！**正如我所料**，他剛剛用贗品替換了真品，而且已經破壞了贗品。」

狼貓轉過身，用一雙可怕的黃色大眼睛盯着我們，接着發出一聲可怕的**喵叫聲**……

特拉法警長和先鋒鼠警員齊聲大叫：

「警察！別動！你被捕了！」

然而，那隻可怕的狼貓抓住《蒙娜麗鼠》畫作，邁開長長的雙腿朝着大廳深處的**窗戶**跑去。隨後，他奮力一躍，跳出了窗外。

哐啷！

窗户玻璃**碎了一地**。

我們追到窗口。特拉法警長看着窗外，驚叫：「跳得漂亮，即便是對於一隻狼貓而言！」

福爾摩鼠回應道：「我正式確定盜寶賊和狼貓一點關係都沒有……」

索尼婭·先鋒鼠探出頭檢查窗外，大聲叫道：「他在那裏！他正大搖大擺地逃跑！」

月光下，狼貓跑動的**身影**穿過一條林蔭大道，然後很快消失在樹林裏。

特拉法警長掏出無線電對講機呼叫：「全體上車！**盜賊逃進**了市民公園，正在往南逃跑！立即逮捕！注意，最高警戒！逃犯有一張**狼貓**的臉！」

盜賊在逃跑！
盜賊在逃跑！
盜賊在逃跑！

我瑟瑟發抖，說：「以一千塊莫澤雷勒乳酪的名義發誓，我們全都看見了！盜寶賊真的是一隻狼貓！梵·頂流鼠這下可高興了，他的假設是對的！」

然而，福爾摩鼠從地上撿起一小撮**毛髮**，笑着展示給我們看：「哈哈哈！史提頓，你們過來看，那隻所謂『狼貓』的毛髮，不過是**合成**的！」

大家都湊過去看那一小撮毛髮。

我越發困惑了：「沒錯，這是合成的，一看假毛下面的皮膚紋理就知道了！可是，這又能說明什麼呢？」

「史提頓，基本演繹法！那隻狼貓怪物不過是一隻普通老鼠喬裝的……他身上套了一件輕便耐磨的狼貓造型的服裝，讓他可以破門破窗而不會受傷，並且可以在各種材質上留下爪痕！」

特拉法警長說：「嗯……的確……」

福爾摩鼠接着說：「如果你們將狼貓的爪痕放在電子顯微鏡下檢查，就會找到他刮破各種材質的證據！」

特拉法警長評論道：「我會找我的鑑證科同事來做這些分析！」

就在那時，他的手提電話響了。

警長眉頭緊鎖，然後向我們轉述電話內容：「我們的一支行動隊在公園出口處撞見了盜寶賊。他們本想攔截他，但是那個怪物拔起一個渠蓋朝他們砸過去，然後就消失在地下通道的迷宮裏了！」

福爾摩鼠笑着說：「哦，真的嗎？地下通道？湯姆，別擔心！我當然希望我們已經將他捉拿歸案了，不過……感謝他在五件藝術文物珍寶贋品上給我們留下的**五條線索**（*史提頓，你都記下來了，對不對？*），我知道如何帶你們找到他的藏身之所！」

盜寶賊的藏身處

特拉法警長笑着說：「福爾摩鼠，我一點兒都不意外！我還記得小時候在學校裏，我們一起玩偵探遊戲，你總是第一個**破案**的！」

福爾摩鼠揚起鼻子，歡快地笑着說：「我的朋友，這是基本演繹法！我是不是老鼠島上最偉大的偵探呢？別忘了，我可是古往今來最偉大的**偵探**後代！」

我和先鋒鼠警員會心地交換了眼神。每當

談起過去的時光，福爾摩鼠和特拉法警長就會忘記其他鼠的存在！

不過，我可不想浪費時間了。於是，我催促道：「福爾摩鼠，你不是要向我們揭曉那隻狼貓的神秘藏身處嗎？」

福爾摩鼠一臉得意地看着我，說：「史提頓，你看，如果你更加仔細分析過的話，就不會這麼說了。我可從來沒說過我已經知道那隻狼貓的藏身處在哪裏呢……」

他故意停頓了一下，接着說：「不過，我知道如何找到他！」

他轉身對特拉法警長說：「湯姆，趕緊叫一隊警員過來！我們得趕緊去城市的另一邊！」

幾分鐘後，我們走出美術館，車已經在外面等了。

我們上了車。只見索尼婭・先鋒鼠坐在司機位上，原來她是怪鼠城警察局駕駛技術最出色的司機（*有時候，她會讓我想起我的妹妹菲！*）。

她一邊**開車**，一邊問道：「福爾摩鼠先生，我們要去哪裏？」

「城市的西南區。我確定，那隻貓就在那裏……那裏的**地下通道**！」

我終於明白了，說：「福爾摩鼠先生，我知道了。這是**第一條線索**的內容。城市地下通道設計圖上爪痕所指的位置就是怪鼠城的西南區……」

他微笑着回答道：「史提頓，正是如此！盜寶賊向我發起了挑戰，留下了一些隱藏信息，不過這可難不倒我的！」

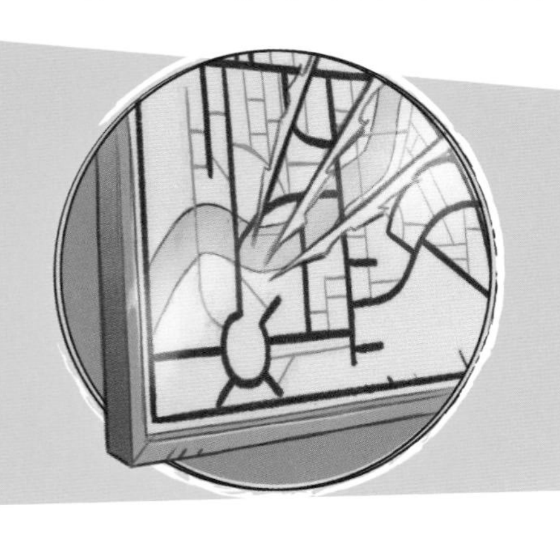

第一條線索

（請見第39頁的地圖）

爪痕所指的方向剛好是城市地下通道的西南區！

不過，我還有一個疑問，便問道：「可是，**地下通道網絡**很廣……我們又怎麼才能找到那隻狼貓的藏身處呢？」

「史提頓，基本演繹法！我們可以利用其他線索推斷！」

我驚呼道：「我明白了！所以，只要我們抵達地下通道，就可以利用**第二條線索**，也就是斯方隆迪女王的勳章來推斷如何追蹤，對嗎？然後，以此類推？」

福爾摩鼠滿意地看着我：「**史提頓，**

我覺得這真的是基本演繹法……

簡直是太基本了！

誰都可以推斷出來！」

此時，我們抵達了怪鼠城的西南區。下車後，福爾摩鼠一直低着頭，在小巷子裏四處尋找……他在找什麼呢？

原來，他在一個一個地檢查這個街區所有的**渠蓋**！

「呃……這個不是……這個也不是……」

他轉過街角，說：「這個也不是！」

我們**跟着**他進入另一條小巷子，終於聽見他驚呼：「找到了！這就是我要找的……」

福爾摩鼠指着一個渠蓋，上面印着……繁茂鼠家族的**徽號**！

我驚呼起來：「這……正是**第二條線索**，斯方隆迪女王的動章*（贗品）*上的爪痕所指！」

福爾摩鼠回答道：「沒錯，史提頓！我們之前已經說過，繁茂鼠家族的徽號也**出現**在青銅大門、鐘樓，甚至城市的渠蓋上！怪鼠城的渠蓋已經

第二條線索

（請見第47頁的動章）

動章上的繁茂鼠家族的徽號也出現在地下通道入口的渠蓋上。

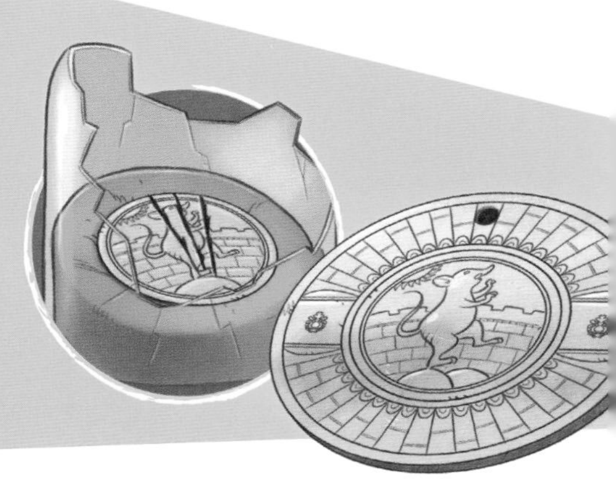

被逐漸換掉了，不過這個渠蓋上仍然有**繁茂鼠**家族的徽號！這條線索也是那盜賊故意留下來挑戰我的！他以為，我不可能發現這一條線索，可是……」

索尼婭·先鋒鼠接着他的話說：

「**可是福爾摩鼠**

並不是傻瓜！」

於是，福爾摩鼠和特拉法警長打開了渠蓋。我們一行四鼠進入城市的地下空間。所幸，特拉法警長和先鋒鼠警員都配備了電筒。

咕吱吱！真**冷**啊！真**潮濕**啊！真**臭**啊！

我感覺腳底下有什麼黏黏的東西。

我一看……噁！

一塊灰色的淤泥黏在我的腳爪上。在地下通道裏，布滿了長長黏黏的**蜘蛛網**，黏在我的衣服上！

我趕緊把蜘蛛網扯掉。我可不是度·科學

鼠，我一點兒都不喜歡蜘蛛！

很快，我們面前出現了兩條**岔路**。我問道：「福爾摩鼠先生，我們該走哪一邊呢？」

他從頭到腳打量着我，說：「很明顯，那盜賊留下的**第三條線索**會告訴我們答案。我們應該走……左邊的通道！你還記得那套盔甲欠缺的正是左**手**嗎？」

於是，我們跑過左邊的通道，可是沒過多久……我們又再次面臨另一個岔路口！我們該怎麼走呢？

第三條線索

（請見第53頁的盔甲）

它欠缺了左手，所以我們在第一個岔路口選擇走左手方向。

我有些猶豫，不過福爾摩鼠發現了一個很不起眼的細節：一根**小提琴的琴弦**掛在右邊通道的角落上！

「我們走這邊！」他說。

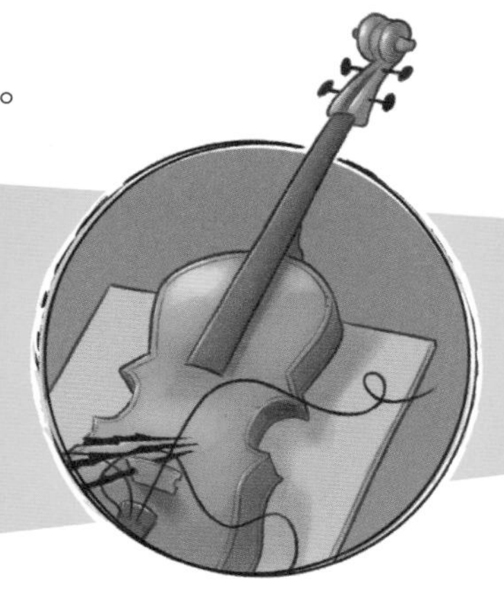

第四條線索

（請見第59頁的古董小提琴）

古董小提琴缺了一根琴弦，
而琴弦剛好出現在地下，
指着右邊的岔路。

福爾摩鼠、特拉法警長和先鋒鼠警員一路小跑，我只好趕緊跟上他們。我可不想被獨自留在黑暗之中！

我們繼續在地下通道**迷宮**裏往前跑……

最後，我們面前終於出現了一扇安裝了電子防盜鎖的鋼門。那道門很光滑，閃爍着金屬光。門中央有突出的**爪痕**！

我們想打開門，卻徒勞無功！

最後，特拉法警長說：「我們必須找出密碼……但是，還有什麼提示呢？」

福爾摩鼠回答：「這裏應該會用到**第五條線索**……」

他從口袋裏掏出手提電話……播放先前在貝鼠芬之家錄下貝茲彈奏的樂曲。突然，大門「咔嚓！」一聲打開了！

大門後面出現了一個寬敞的圓形大廳。那些失竊的藝術珍品都**完好無缺**地陳列着，就好像在一個私人藝術館裏**展出**一樣。

第五條線索

（請見第65頁的古樂譜手稿）

貝茲彈奏的樂章成為了我們打開盜賊貓藏身處的大門的密碼。

我們看到了那幅珍貴的怪鼠城地下通道設計地圖、刻有繁茂鼠家族徽號的斯方隆迪女王的勳章、長矛鼠騎士完整的銀盔甲、妙音鼠的古董小提琴完好無缺；偉大作曲家貝鼠芬的樂譜手稿，以及世界名畫《蒙娜麗鼠》也是絲毫無損。

此時，畫中的蒙娜麗鼠彷彿在對着我們大家綻放出神秘的微笑，因為我們在怪鼠城的地下世界裏找到了所有失竊的藝術文物珍寶！

然而，我們還看到了一個令鼠不安，體形巨大的身影……咕吱吱，就是那隻可怕的狼貓！可是，很奇怪，那個大怪物待在那裏一動不動。

於是，我們小心地走過去……以一千塊莫澤雷勒乳酪的名義發誓，原來，那不過是一個罩着合成毛皮的金屬盔甲！那毛皮就和我們之前所發現一樣的！

那個盔甲裏的空間，足以讓一隻像我一樣正常體形的老鼠藏身。盔甲上還裝着鈦合金爪子的手套，可以抓破一些堅硬的材質。

福爾摩鼠說：「湯姆，案件偵破了！趕緊召集這張紙上列出的所有鼠過來……

我知道是誰

躲在那隻假狼貓

的背後！」

結案

「我要揭曉是誰用
神秘爪痕
向我發起了挑戰！」

夏洛特·福爾摩鼠

狼貓的真面目

一個小時後，那盜賊的秘密藏身處了擠滿了鼠。

卡蘿塔·鬍鬚鼠到了，朝我投來溫柔的目光和迷人的微笑。

這時，我的鬍子耷拉着，眼睛也沒精打采……呵欠！我等不及去睡上一覺！

梵·頂流鼠教授也到了。他圍着狼貓盔甲轉圈，仔細觀察着盔甲，一臉困惑地嘟囔道：

「嗯！嗯嗯！嗯嗯嗯！」

還有**度·科學鼠**。他站在大廳的一個角落裏，好奇地環顧四周。他看來很**焦慮**，也許他迫不及待想檢查那套盔甲的材質呢！

貝納德·貝鼠芬和他的太太帶着女兒貝茲也到來了。他們很高興找回了偉大**祖先**珍貴的樂譜手稿。

貝茲不時盯着大廳裏巨大的管風琴，好像很想過去彈奏的樣子。

怪鼠城博物館館長羅迪·麥卡第站在珍貴的**怪鼠城地下通道設計圖**旁邊。他不想再在眼皮底下把地圖弄丟了！

城堡的館長米蘭達·歡樂鼠看了看斯方隆迪女王的勳章，又看了看長矛鼠騎士的盔甲，好像還是不敢相信這兩件藝術文物珍寶都完好無缺地尋回了。她好像迫不及待想把它們放回**怪鼠城城堡**。

樂器博物館的館長謬斯克・音樂鼠迅速察看了妙音鼠的古董小提琴，特別檢查了它的琴弦，確定所有琴弦都完好後，站在那裏不安地等待着，雙爪插在袋褲裏。在那個巨大而神秘的地下**大廳**裏，他很難保持平靜……

所有鼠面面相覷，帶着質疑的眼光迅速打量着其他鼠。大家都知道，他們當中有一隻鼠就是那個神秘的**盜寶賊**。大家都在心裏猜想會是

誰。也許，大家也都很擔心自己會被懷疑……

在場還有幾名**警員**把守着大廳唯一的入口，也就是我們之前進來的那個大門。

索尼婭・先鋒鼠警員守在那套狼貓盔甲旁，以防萬一有誰想穿上盔甲。特拉法警長從眾鼠面前依次走過。他們當中有一個是那真正的盜賊，到底會是誰呢？

唯一一個有能力解開**謎團**的是獨一無二

的福爾摩鼠。他在大廳裏邁着大步伐轉着圈，爪子放在身後。終於，他站到大廳中央，說：「**總之，總之，總之**……」

大家都瞪大了眼睛看着他，一片鴉雀無聲。

「目前，我們已經知道那隻根本不存在的**狼貓**其實是一名盜寶賊在耍把戲企圖減低自己的嫌疑。他利用金屬爪子，在所有的**犯罪現場**留下了**爪痕**！」

福爾摩鼠走到狼貓盔甲前繼續說：「那盜賊為了實現他的計劃，將這套**超高科技**的盔甲穿在身上，假扮成一隻狼貓……那不過是傳說中的怪物！」

福爾摩鼠目光如炬地看着梵·頂流鼠教授。

大偵探繼續說：「這台巨大的盔甲配備了**傳說**中狼貓的所有特徵。」

福爾摩鼠打開了狼貓盔甲，向大家展示了

盔甲內部有足夠的空間可以讓一隻普通的**老鼠**藏身。

他繼續解釋道：「這套盔甲可以讓穿着它的鼠變成傳説中的狼貓，不僅可以行走，還可以破門破窗……」

福爾摩鼠展示了盔甲身上隱藏着的控制裝置。

我們在那裏目瞪口呆地聽着。

「另外，這套盔甲還可以讓穿着它的老鼠跑得更**快**，**跳**得更高，還有一雙**夜視眼**，它眼睛的位置配備了兩個強力燈泡！」

福爾摩鼠按動盔甲的控制鍵，只見**狼貓可怕的眼睛**立刻照亮了整個大廳！

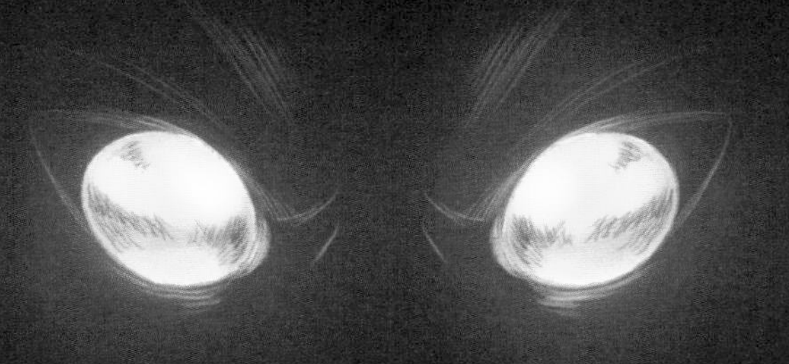

大偵探總結道：「盔甲最大的功能是那一雙可以抓破各種物料的**鈦合金爪子**！」

福爾摩鼠向大家展示可怕的貓爪，繼續說：「可是，誰是那名盜寶賊呢？*那是一隻非常自私、傲慢、***霸道***的老鼠*……他想將怪鼠城所有的藝術珍品據為己有！」

福爾摩鼠走到那些藝術珍品跟前，說：「不過，這隻鼠很聰明，也很有藝術涵養。他挑選**藝術品**的品味很高……懂得細心地保存珍品，把它們收藏在這裏展示！總而言之，這盜賊熱愛藝術珍品，卻不願和其他鼠分享！」

所有老鼠都靜靜地看着福爾摩鼠。

他繼續說：「我現在可以明確地告訴大家，在場各位當中，有一隻鼠有本事輕易**打開**所有博物館的鎖……」

我好奇地問：「可是，會是誰呢？到底誰是盜寶賊？」

福爾摩鼠得意洋洋地說：「史提頓，盜寶賊是女的！如果你思考觀察更仔細一些，自然可以推斷出我說的是誰！」

「**女盜賊？**這裏總共只有五隻女鼠：城堡館長、貝鼠芬家族的夫人和貝茲、索尼婭·先鋒鼠*（她當然不在嫌疑鼠之列！）*，還有……卡蘿塔?!」

真正的盜竊犯是……

福爾摩鼠激動地說：「史提頓，你終於猜到了！溫柔的卡蘿塔就是**女盜賊**！」

卡蘿塔旋即打算逃跑，可是索尼婭・先鋒鼠警員一下把她按倒在地！

這名罪犯憤怒地大聲說：「福爾摩鼠先生，你為什麼要指控我？」

他回答道：「小姐，當你輕而易舉地打開城堡大廳的門時，我就明白了。我敏銳的耳朵捕捉到的那一聲開鎖的『咔嚓』聲很特別。你當時是用了隨身攜帶的一個小小開鎖工具，背着我們，偷偷撬開門鎖！」

我不能接受卡蘿塔是真正的罪犯這件事，追問道：「我不明白！如果她是盜賊，她又為什麼主動要求參與查案呢？」

「史提頓，基本演繹法！她去怪鼠城博物館擔任藝術顧問就是為了查探環境，以仔細策劃盜竊案。當館長決定尋求我的幫助時，她為了免受懷疑，自然不能退縮！她甚至堅持要和我們一起查案！」

我難以置信地看着卡蘿塔。不過，她看起來一點都不擔心，反而……在笑！真奇怪！

特拉法警長隨即召喚支援拘捕犯案者，說：「特拉法呼叫指揮中心。斯方隆迪路這裏需要一輛警車支援。有一名女盜賊需要帶走……」

貝納德・貝鼠芬搖了搖頭，說：「我怎麼都不會想到，那個……那個怪物居然會是一隻女鼠！」

福爾摩鼠安慰他道：「大家（除了我）都以為是狼貓，其實不過是一隻身手矯捷的女鼠喬裝犯下的罪行！」

特拉法警長滿意地說：「親愛的福爾摩鼠，你又破解了一個案件！」

福爾摩鼠卻搖搖頭，說：「我親愛的朋友，看來你還沒有明白……這個案件還沒有完全拆解！卡蘿塔……還有同夥！」

在場所有的老鼠原本以為事情到此為止而放鬆下來，聽福爾摩鼠這麼一說，大家又再緊張地豎起了耳朵。

福爾摩鼠繼續說：「卡蘿塔無疑是**盜竊案**的主犯。但是，向我發起挑戰的神秘狼貓卻另有其鼠。他和卡蘿塔一起策劃了這些盜竊案……他也在我們當中！」

特拉法警長環顧四周，問道：「**誰？!**」

大偵探笑着說：「這隻鼠想將藝術珍品據為己有，卻不小心露出馬腳！史提頓，你應該知道我說的是誰吧？」

我看着在場各位，想找到那隻露出馬腳的老鼠……但是我一點頭緒都沒有！

福爾摩鼠繼續說：「你什麼都沒有留意到嗎？真的什麼都沒有嗎？可是明明很明顯啊！」

然後，他指着度·科學鼠，繼續說：「他身上穿着白袍看起來是警察局裏的制服……但是，領口繡上的部門英文縮寫是錯的。怪鼠城警局的縮寫應該是P.T.，而不是T.P.！這是一個重大的失誤！」

大家隨即瞪大了眼睛打量着度·科學鼠。

福爾摩鼠繼續說：「他的鞋上有地下通道裏的灰色淤泥，白袍上黏了黏糊糊的蜘蛛網，和我們在渠蓋下面的樓梯上看到的一樣！」

科學鼠立刻為自己辯護：「福爾摩鼠先生，在場每隻鼠來這裏的時候身上都有沾上的！」

福爾摩鼠反駁道：「我們第一次見面的時候，你身上就有**淤泥**和蜘蛛網！當我的助手提醒你身上有蜘蛛網時，你還告訴他蜘蛛是你最喜愛的**昆蟲**。我立刻就注意到你十分可疑，因為身為一名科學家不可能不知道，蜘蛛是節肢動物，根本不是昆蟲類的！」

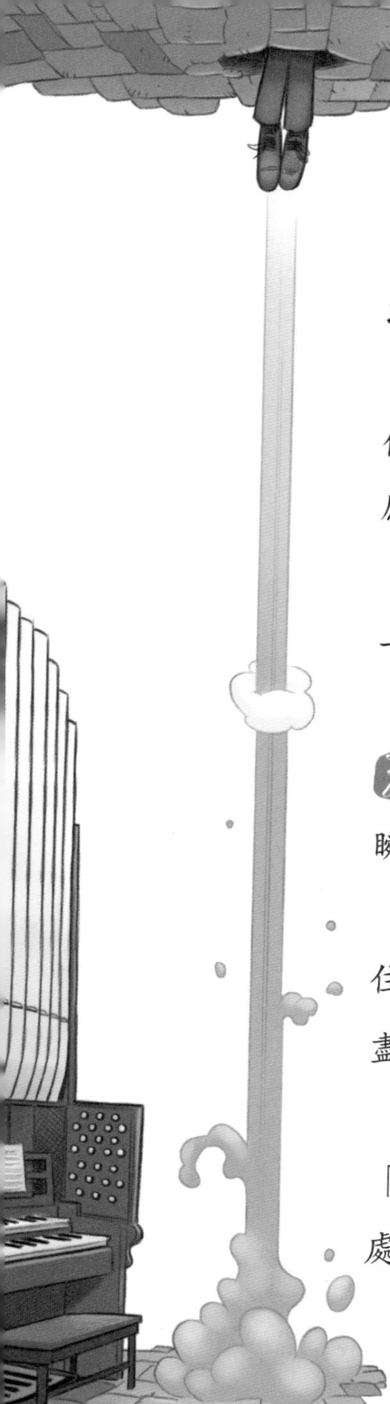

站在大廳深處管風琴旁的科學鼠**冷笑**道：「福爾摩鼠，這次我甘拜下風！」

當警察走過去想逮捕他時，他突然大叫道：「再見……不，應該說，後會有期！」

然後，他按下了管風琴上的一枚按鈕……**呼！**

天花板上突然打開一個**天窗**，一根繩索落下，罪犯瞬間上升逃跑。

索尼婭·先鋒鼠衝過去想抓住他，卻沒有成功：「警長，我盡力了！」

福爾摩鼠並沒有沮喪，說：「既然我們能找出他的藏身之處，也就能預料到他會預先安排逃跑的路線！」

就在那時，特拉法警長接到一通電話。然後，他對福爾摩鼠說：「我是負責去搜查科學鼠家的警員。我們在那裏發現了真正的鑑證科警員，度．科學鼠被堵着嘴，五花大綁起來！至於那在逃的其實是卡蘿塔．鬍鬚鼠的哥哥！」

福爾摩鼠評論道：「正如我所料！那個冒牌貨襲擊了度．科學鼠警員，然後盜用了他的身分和鑰匙，這樣他就可以自由進出所有案發現場！」

特拉法警長朝着出口走去，說：「至少我們逮住了他的同夥卡蘿塔！」

他命令手下，道：「帶她回地面！」

卡蘿塔從我身邊經過的時候，瞇縫着一隻眼睛說：「史提頓先生，後會有期！」

我尷尬地笑了笑。她是什麼意思？

一回到地面，我們就看到在那裏等候的警

車。特拉法警長將女盜賊交給同事押上了車。

福爾摩鼠留在後面和謬斯克・音樂鼠說話：「我想請你幫個忙。你應該知道，我有一個習慣，在每次案件結束之後，都會收集一個紀念品……我可以帶走那個被破壞的小提琴贋品嗎？」

謬斯克・音樂鼠回答說：「福爾摩鼠先生，當然可以啦！」

與此同時，另一台警車到了……真奇怪！

一名警員下了車，大聲說：「警長，我們來負責押送女盜賊！」

特拉法警長僵在那裏，難以置信地說：「可是……我剛剛已經把她交給一名同僚了！」

福爾摩鼠非常惱怒地說：「難以置信！他們倒是計劃得天衣無縫！假的度・科學鼠逃跑了。女盜賊又坐着假的警車逃跑了！我的助手鼠啊，我片刻都不能走神！」

就在那時，他的**手提電話**響了：「福爾摩鼠，你還記得我和我妹妹最後說的話嗎？後會有期，下一次**挑戰**再見！」

福爾摩鼠挑釁地回答：「呸！我會送你們倆進**監獄**的！福爾摩鼠說到做到！」

特拉法警長倒是心滿意足：「至少我們找回了所有的藝術文物珍品。這才是最重要的！」

與此同時，我在口袋裏發現了一張**字條**，上面寫着……

謝和連摩・史提頓：

我們一定會再見。這是我的承諾！

你的

女盜賊

P.S. 我喜歡你傻傻的鼻子！

就在那時，太陽出來了。漫漫長夜已然結束……這一夜，我學到了很多：**藝術與美好都應該與大家分享，這是鼠民的共同財富！**

仙人掌、泳池和水虎魚

回到福爾摩鼠的家，他將那個小提琴贗品交給女管家，說：「皮莉鼠小姐，請將這個放到**紀念品室**，和我其他所有的收藏一起存檔。別忘了在小卡片上記下日期和案件的細節！」

管家回答說：「福爾摩鼠，*這個當然！*」

他微微鞠躬致意：「**皮莉鼠小姐**，我想向你表示我的敬意，因為這一次，你的**直覺**又是對的。罪犯根本不是狼貓，而是喜歡貓的老鼠。他們欣賞貓的某些特質，比如狡猾和邪惡！」

直到那時，我才想起案件開始的時候**女管家**的話。

她走遠後，我問福爾摩鼠：「可是……皮莉鼠小姐是怎麼知道的？」

他抬起一根手指，說：「**作為一名偵探的重要原則：相信理性，但是也不要忽略了直覺……尤其是我那女管家的直覺！史提頓，快記下來！**」

然後，他歎了口氣，說：「我的助手鼠啊，現在這案件結了，可是我已經開始感覺到無聊了……」

我笑着說：「可是你還有很多很多事情要做啊！如果我沒記錯的話，你要檢查溫室的**仙人掌**，然後還要游泳……」

福爾摩鼠用一隻手爪拍了拍前額，說：「史提頓，沒錯！好吧，有時候，你也是有點兒用處的。」

然後，他跑去屋頂的**溫室花園**，馬不停蹄地逐一檢查他種植的稀有仙人掌！然後，他離開溫室，朝着**泳池**的方向跑去。他一邊跑，一邊哼着小曲：「我要去游泳！我的水虎魚來了，牠的名字叫大大！」

他飛快地進入更衣室，又*（跑着）*出來了。他戴着**泳帽**，穿着印有圓形圖案，款式很滑稽的泳褲，大叫一聲**「跳下去」**，一頭鑽進水裏。

他一邊游，一邊喊道：「皮莉鼠小姐，是時候了！**快把水虎魚扔進來！**」

皮莉鼠管家已經做好準備，她用鋼絲網從一個球型罐子裏撈出一條滿口長了尖牙利齒的小**魚**。

然後，她把魚扔進泳池，說：「福爾摩鼠先生，在這兒呢！你可小心了，我覺得水虎魚今天比平時更餓！」

水虎魚開始齜牙咧嘴地追趕福爾摩鼠。

呼呼呼！

他開始飛快地游泳，說：「我現在**游**得更快了！皮莉鼠小姐，謝謝你！」

我對着泳池，一臉擔憂地問：「福爾摩鼠，你確定這樣沒有危險嗎？」

他狡黠地笑道：「只要想到我一慢下來，尾巴就會被咬掉了，我就會游得很快，越來越快，越來越快……**史提頓，基本演繹法！**」

我歎了口氣：「福爾摩鼠真的是一點沒變！」

又到了我回家的時候了！

我向我的朋友們告辭，隨即上氣不接下氣地一直跑到怪鼠城火車站。當天唯一一趟開往我居住的城市——**妙鼠城**的火車即將出發了。

我飛快地跳上車……

唉喲，我終於可以放鬆放鬆了*（再也不用貼着假鬍子了！）*

火車在鐵軌上奔跑，慢慢地遠離怪鼠城，火車噴發出大量蒸汽雲霧。

這場難以置信的冒險長久地留在我的記憶裏……真是一場意想不到的**冒險**。我把它獻給老鼠島上所有的讀者。冒險的主角是我，謝利連摩・史提頓，還有偉大的偵探福爾摩鼠！

謝利連摩・史提頓

福爾摩鼠偵探小學堂

作為一名偵探的重要原則：

學會聆聽！

史提頓，你知道為什麼要留意證人錄口供的每一個字嗎？想成為一位出色的偵探，我們必須學會用心聆聽，留意細節，這樣你才會從中歸納得出重要的資訊，找出調查的線索！記住要留意以下幾個重點：

第一點： 證人可能會提到一些能夠幫助你重組案情的細節，而**他們**卻自以為無關重要，但是對於**懂得用心聆聽分析**的傾聽者而言，那些信息可能是破案的關鍵！

第二點： 他們當中有可能會有**犯案者**。他的口供可能會揭示只有他才知道的犯案細節！

第三點： 學會聆聽在每一天的生活中也很有用！史提頓，**你不太會聆聽**的原因就是你總是因為其他事情分心。史提頓，**你試着**放空你的腦袋，**用心仔細地**聽別人的話！你將會**發現**很多有趣的事情！

各位鼠迷，你也來訓練一下自己的專注力！

請讀一讀下面這段福爾摩鼠說的話，然後合上書，再默寫下來。你記住了幾個詞語呢？

彩虹有七個顏色：
紅、橙、黃、綠、藍、靛、紫。我最喜歡的顏色是黃色！史提頓，你知道為什麼嗎？